王小毛诗集

王小毛 著

南方出版社·海口

目　录

第二辑　桥见未来

第一辑

低处的高贵

童年记忆

月色拖着母亲的影子
整个村庄，蛙声一片

四十多年后，我仍然记得
母亲背着一筐青草
踏进门槛时的气喘声

母亲把这筐青草分成三份
一份给刚下崽儿的母猪
一份放在伸在栏栅外的羊头边
还有一份，是筐底下的一把水芹

母亲说
这是在一条水沟里割的
洗干净后，明天早上放在薄粥里
全家人当早饭

一年的收成

姐妹相聚
说起一年的收成
大姐说，流星雨很美
总是来不及躲闪
一不小心会被砸到

二姐说，这一年
她兼做了杀手
把苦难这个恶魔杀死了

小妹说，她建了一所新房
每个角落都安放了笑语

她们像一群回归的小鸟
在春天里嘻笑、打闹
最后她们拉住我的衣裙
急切地问
你呢？你呢？

我望着桌前的一张空椅子，没有吱声

我的父亲，在酷日中离家出走

至今杳无音信

送别母亲

不要害怕，母亲
前面有父亲带路
后面有我送行

寻一条听得见流水声的路走吧
河水咚咚
会洗尽你一生的疲惫

如果累了
在奈何桥边的石凳上坐一会儿
母亲，在那里
不要喝孟婆的忘情水
你这么好，这么好
下辈子，请选择我
仍然做你的女儿

新年礼物

哦，母亲
在这个大雨如注的夜晚
我又一次看到了你
两根粗粗的辫子
在你的胸前
挡住了你的苦与痛

那一年，你还年轻
大雪封住了我们的门口
我们姐妹四个，坐在一条小长凳上
你把我们一个个揽在怀里
拿出准备好的新年礼物
——每人一双布鞋
红格子的鞋面
洁白得如窗外的雪一样的里布

捉迷藏

小时候

每次我哭闹

母亲总对我说

咱们玩捉迷藏的游戏

我躲，你找

而每次，我都能一下子就找到她

因为母亲不是躲在门后，就是躲在衣柜后

有时候她会用枕头蒙着脸，问

我在哪里

我继而破涕为笑

五十年以后

母亲突然又跟我玩起了捉迷藏的游戏

这次，我哭破了嗓子

再也没有找到母亲

中秋这一天

今天是中秋节

打开窗户，就看见两只麻雀

站在电缆上，面对面

像久别的亲人

互相梳理着羽毛

声音婉转

我想打听它们的谈话内容

问问它们的翅膀里面

是否藏着亲情、友情和爱情

甚至想扔一颗石子

看看它们是不是仍旧旁若无人地相爱

但我最终坐了下来，打开笔记本

写下了：中秋圆满！

车子一路向前

车子一路向前
前排的小女孩，脸贴在玻璃窗上
小手拍着玻璃
欢呼着

她的妈妈，一位穿白底蓝花连衣裙的少妇
边安抚孩子，边对乘客说
孩子还小，第一次出远门

我把座位让给旁边站着的乘客
提着行李，往前边走
从后视镜里
我看到了一棵棵消失的树木
那多像我的一个个离去的亲人

中年之后

突然想给远方的你写一封信
省略"亲爱的"，直呼汝名
人到中年
矫情显得有点多余

生活中的重，就不说了
头顶上的光环，也不提
中年之后
心脏越来越小
我怕你承受不起这无关的重量

告诉你，我睡眠很好
血压正常，肠胃通畅
偶尔的，半夜醒来
泡杯茶
在香气袅袅中想想你

如果还想补充什么

那就翻开童年的日记
用"嘻嘻哈哈"填补空白的一页
不要太长，也不要太短
两页刚刚好

最后，我做一次深呼吸
署名写上：念你的人
对，"念你"两个字不能忘

低处的高贵

如果不是因为这个团圆节

我不会坐在这里

不会注意到母亲佝偻的背

她低着头

洗菜、做饭、数家禽

如此循环

即使我叫她，她也没有抬头

一如当年她坐在床头给孩子喂奶

那么专心，那么安详

一年的庙会

藏在心里一年的话
今天终于可以说出口了
昨晚的一场细雨
催开了门前的一排杜鹃花
仿佛在昭示美好的开始

此刻，大云寺的上空
有人祈愿有一个好身体
有人祈愿儿孙满堂
生意人祈愿财源广进
读书人祈愿金榜题名
当官的人祈愿官运亨通
种田的人祈愿少旱少涝
贪心的人啊，祈愿桃花年年开

而我，则祈愿
有一个完整的睡眠

血缘

这个比我大二十八岁的男人
喜欢叫我小棉袄
叫我阿妹、叫我宝儿

这么多年
他一直用心叫、用肝叫
用七尺肠子叫、用铁打的骨头叫

惟独最后一次
他在昏迷中把干柴般的手伸向我
我知道，这一次
他是用根根血脉在叫

送你一把密竹梳

北风，一阵紧过一阵
棉絮，又给你加了一床

你说
夕阳已经下山
我要睡了

我轻轻地合上你的双眼
阿妈，别怕
等你睡了
我送你一把密竹梳

失眠的女人

她坐起来，又躺下
心里像一团麻花

无数个词语
在脑海里，蹦来蹦去
每个词语后面
都跟着破折号
省略号、逗号

她反反复复地寻找
哪个是句号呢？

擦鞋的女人

每一次打开窗户
总看见你坐在那里
我不知道你什么时候来
也不知道你什么时候走
更不知道你的长相和身高

我只看见你低头弯腰时
双手凸出的筋骨
根根如钢铁

看月亮的女人

说中秋
月亮就圆了
白衣披肩的女人
蹑手蹑脚，从窗口飘过

攀一枝十里香的桂花
对着月亮
轻轻地问
爱人，你在何方？

留守女人

有时候把犁铧

当成一支笔，在田埂上

画下一条长长的相思泪

有时候坐在床沿上

轻轻地哼着小夜曲

为孩子编出一个梦中的爸爸

有时候跑到后山坡

望着南飞的大雁

撕心裂肺地叫爱人

种花的女人

从一棵幼苗到绽放美丽
我知道你是有耐心的
也是勤劳的
为了秋天的盛宴
你扶、浇、修
浮云染黛

那些名贵的，或者默默无闻的花儿
是多么美
你用大拇指一样大的幸福
告诉别人，有付出必有收获
在藏不住阴影的骨头里，一面旗子
始终在飘呀飘

玩牌的女人

红桃 A、方块 K、梅花 Q、黑桃 J
四种颜色，四张面孔
刘嫂说：爽快
张婶说：真倒霉
李姨说：咱玩的是心情
陈姐说：全靠运气

只有挂在墙壁上的那一只老钟
一天到晚，看着她们
滴答滴答，毫不在意

疯女人

没有谁比她更快乐了
从早到晚，手舞足蹈
不停地笑

她说
她的儿子在天堂做大官
她的丈夫前几天也去了
等到月上西楼
她也跟着去，享受天伦之乐

种菜的女人

这么多年

每当我路过那块菜地

一眼便认出了你

你低着头，半跪着

那样地专心

以至于我按第三声喇叭

你才惊慌地抬起头

这一刻，我终于看清楚了

你竹编的草帽下

犁耕的额头，像极了

我劳作了一辈子的母亲

或者已经走失了多年的我的奶奶

写诗的女人

来，姐妹们
让我们谈谈那些绿吧
绿色真好
柳绿花红，青山绿水
我要你永远新鲜

或者什么也不说
借着素白的月光
舀半碗甘露
写下：春光无限好

卖鱼的女人

每一次在菜市场
我都要在她的摊位前
停下来
看着她凌乱的头发、错位的纽扣
好几次，我想对她说
这与她的离异无关

可她总是头也不抬地看着她的鱼
不停地对我说
她的鱼如何如何好
然后帮我挑选一条最新鲜的鱼
让我快乐地离开

遛狗的女人

好几次
我看到她带着狗
从院子里出来
她给它穿着红衣服，有时候是绿衣服
冬天给它围上一条好看的围巾

她教它直立行走
教它用爪子接住奶油面包
教它如何与人互动
那么专心
以至于腾不出手来扶一扶
站在她身后的老母亲

空巢女人

她不停地换着发型
不停地对着镜子
把婚纱穿上又脱下
她的生活很简单
除了衣柜里透明或半透明的内衣
就是几个酒坛子，半包进口烟

偶尔的
她的男人会过来
在这个屋子里
学着《色与戒》，做做爱

酒吧里的女人

看着她拧灭半截烟蒂

我突然想起了邻居阿菊

这些年

是不是和她一样

把目光压得低低的

练习着微笑

练习着说话

是不是仍然住在那一幢酒楼里

和男朋友有时候打闹

有时候做爱

有时候站在阳台上

望着没有目标的前方

外来打工女

她们的身上已没有了稻草的清香
她们来到这座城市
学着城里人的口音
聊天，骂街

有时，她们会对着一片飘过的白云发呆
或者在午夜时分点燃一支烟
在淡蓝色的夜里
坐在窗口，望着遥远的月亮

更多时候，她们像被安装在车床上的轮子
跟着城市转动

纺织女工

机器的声音

吞噬了她们的青春

白色工作帽下遮藏着岁月的斑驳

她们用眼睛

诉说着疲惫与辛苦

其实，我想

她们每个人都是一台不停运转的机器

面临着待修、调整

或更新换代

念咒语的女人

黄昏，云层低垂
念咒语的女人
坐在草坪上

她在咒谁？我没有问
这些年，我已经懒得管这些
有时，也有打结之处
相对于念咒语
我更喜欢抬头看看月亮

月亮真公正无私啊
从不吝惜自己的光
让草木平分

宿舍里的女人

她们是姐妹
在六个人一间的工舍里
谈论着男人的刚毅、女人的三围
谈论着为了节食而失调的内分泌
偶尔的，为了一张车票发发牢骚

郊外的公园
是她们每个休息天必去的地方
在这个花草滥长的时代
她们始终守着山里人最初的纯美

例行检查的女人

她用力挤压我的小腹
仿佛我的身体里全是脓包
她把长长的针眼对准我的静脉
仿佛我的血液里都是毒素
她让芙蓉鸟嘴伸向我的下体
仿佛我是一只赤裸的母兽
她的手指在我的丹田滑动
不停地对我说
深呼吸，放松

最后，她拿着一张彩色的图片
和几张密密麻麻的参考纸
对我说
没事，你回去吧！

做养老护理员的女人

我叫她阿姨
其实，她比我大不了几岁
从 37 床到 42 床
她照顾着六位老人的吃喝拉撒
这些老人，曾经和我们一样雷厉风行
如今，只能躺在床上
用眼睛和别人交流

我学着护理员阿姨
俯下身子，问一位鼻饲老人
有几个儿女
老人伸出五根手指
我拍拍身边的护理阿姨，问老人
她对你好不好
老人的嘴唇动了动，做了一个"O"型

一颗硕大的泪珠
顺着干枯的鬓角
流在雪白的枕头上

为情所困的女人

她被外卖小哥救起时的第一句话是
我后悔

我拍了拍她的肩膀
拥抱了她一下
以为她后悔跳河，后悔做傻事

但不是，她顿了顿
用手把一缕湿头发往后一撩
念出了一句诗
"欢乐趣，离别苦，就中更有痴儿女"

刘婶的遗嘱

在死神来临前
刘婶把一双儿女叫到跟前说
我养你们小，你们养我老
我们互不相欠
十万的存款，是给儿媳的
别人家生的女儿，没有理由让她在床前尽孝
这些年
是欠她的，还清了可以安安心心地走
惟一的房子
刘婶说，谁也不给
她仍要经常回来看看

刘婶真公平啊
让远嫁的女儿无话可说

自画像

总喜欢戴着眼镜

装模作样地握着笔

在一张纸上乱涂鸦

把土豆画扁，把丝瓜画长

把月亮画圆

其实我什么都不知道

鱼会不会游

鸟会不会飞

藏在花瓣里的是蕊还是火

闹市区的喧哗是不是绝妙的音乐

惊恐之中

摸摸自己发烫的脸

送友人远行

记得那天我们只握过两次手
第一次，你说我戴着手套
像极了一个将帅穿着盔甲
给他的士兵颁奖
第二次，你转身离开
突然又奔过来，紧握着我的手
想说什么
而我假装扭过头说
呵，这片油菜花真好看

一片祥云，带着一小片乌云
从头顶飘过
两滴雨水落下来
一滴落在油菜花上
另一滴落在我的脸上

看着你的背影
我的右手不由自主地握住左手
久久地

忆当年

那年，我们躺在一块小门板上
星星，静静地看着我们
一颗流星一闪而过
你忙坐起来许愿
临睡时，你拉着我的耳朵
悄悄地告诉我，你的愿望是嫁到城里去
土色的墙，突然间
被 15 瓦的灯照得通亮

夜已深
一个无人知晓的小写词
敲打着墙壁
那晚，我们谁都没睡

闺蜜

我们睡在一个被窝里
用白如月光的骨头
叫彼此"妹妹"

我们在时光里不断地握手
相拥、喝彩
替对方擦眼泪

你说
妹妹你不要
先于我长出一根白发
此时，我想到了两个绝美的女子
在深秋的夕阳下
互相搀扶，深情凝望

在某医院的休息室

那么大的一间休息室
那么多恐惧的眼睛
那么多焦虑又不耐烦的脸
那么多双踱来踱去的脚

哦，那么多
他们在一起领取
一把新居的钥匙

呵，妹子

听说你在南方
住在一所公寓里
养了几只波斯猫
听说交了很多男朋友
但一直没有结婚

传来的消息越来越离谱
听说去年的一场梅雨
你的乳房和子宫开始糜烂
后来，你的干爹和男朋友都走了
只剩下几只波斯猫
于是，你把家迁进了墓地

那个叫倩儿的姐姐

我们是姐妹
常常在齐眉的桃花下
嘻笑、打闹、咬耳朵
互相传递着细菌和不良习惯

你说，你喜欢秀发披肩
每一根发丝都能制造浪漫
你说，你喜欢花格子短裙
三分露七分藏

你说，你喜欢留长发的男孩
且要能吹一口漂亮的口哨
你还说，你喜欢下雪的晚上
有人陪你一早赏雪、堆雪人

可是姐姐，这么多年过去了
桃花开了一年又一年
雪下了又化，化了又下

我在南方播下的种子

早就开花结果

而你，仍然没有找到一个下雪的城市

减肥时代

今天，星期天
梳洗完毕
发现昨晚的衣服又大了一寸
袖口是空的
两条裤管是空的
连鼓起的胸膛也是空的

爱人，我的爱人
抽着廉价的烟
站在我的身后
像看着卫生间的拖把一样
看着我被汗水和泪水洗过的身体

客厅里的电视机
美女导购又换了新的主题
窗外，一幢高楼钻出地面
我坐下来
端起一杯倾斜的决明子
明天我会是谁

邻居

邻居，把几根丝瓜
放在我家门口
转身就走

我搁下笔，追出去
他头也不回地挥挥手
像急着去驱赶面前的烟雾

听别人说，他明天要去住院
这一个大棚的丝瓜
来不及卖
也许，这儿根丝瓜
是他送给邻居的最后的礼物

好邻居，我双手合十
这些年，你给予别人的太多
如我不祈愿，那天理难容

它们，或者他们

十二月，颗粒归仓
一群麻雀，叽叽喳喳
在初雪覆盖的稻茬里
觅食

它们不像燕子，不像白鹭
到了冬天就南迁
它们一年四季居住在这里
在竹园里搭巢
在屋檐下躲雨
在野外求生存
安时处顺地生儿育女，安居乐业
爱着这里的一草一木

像我身边执着的同龄人

无题

看到水
我便想到了眼泪

看到枯草
我就想到了一双手

看到石头
我想到了墓地

看到白
我就想到了雪
一场下在心里的雪
两个在雪地里越走越远的人
支撑起天空的力
逼我前行

我看到了一只鸽的寒冷

在一家叫"美丽家园"的农菜馆
我看到了一只鸽的寒冷
它躺在一个水盆里，赤裸裸的
胸膛敞开着，没有喊疼

它的翅膀血肉模糊
它的眼珠往外凸出
我想，也许它曾反抗过
或者哭诉过

正值新年，抱着烟花的店主
在门口已经转了三圈
我的恐惧加深，我得赶快转身
怕耀眼的光亮刺痛了眼球

相聚欢

难得相聚一次
说什么好呢
说说我们身边的人和事吧

李家庄已被列入拆迁范围
某地的违章建筑昨天被拆除
那个把金条藏在浴缸里的村主任
已被双规
隔壁四十多岁的阿根
终于娶上了媳妇
刘大妈的孙子考上了国防大学
……

说这些时
门前的那条小溪
流得正欢

寺

寺不高
但需要仰头

喜鹊站在高处
僧侣进进出出

一面镜子挂在门口
每一个受戒的人
都要照一照
念一声
阿弥陀佛

锈斧头

这是我在老屋看到的一把斧头
它躺在一堆木头中间
没有光亮
已经失去了当年的风采

这把斧头跟随了父亲好多年
如今锈了
它的锈起因于它的惰性

父亲说
把它当成废品卖了吧
或者连同柄一起扔进垃圾桶

而我，想把它交给炉子
重新打磨成器

父亲

几杯米酒下肚的父亲
躺在一张竹椅上
风柔柔的
阳光真好

父亲闭着眼睛
说起了早年迟到的春天
说起了丰满的玉米和豌豆
说起了突如其来的一场雪
说起了一年的收成
说起了开在窗外的一朵野花

最后，对我说
他始终拒绝着飘扬的彩旗

学佛

在金山东林寺
逗留半天
我学会了微笑
学会了弯腰
给别人倒一碗水

当然我也学会了
拿着宝剑、板着脸
借助一道闪电
让黑与白分道

冬风吹

一定很痛

全身的皮都起了疙瘩

像无数根松针在扎

如果再深一点

那一定痛到骨头里

痛到内脏

直痛得缩成一团

而冬风则"呼啦，呼啦"地发笑

雪

这些穿着白袍的小妖精
都是冬天出生的
很柔软，踩着碎步
四处游荡

听说它们的怀里都揣着针
银色的，让人直抖瑟的针
只要轻轻一碰
它们立即逃之夭夭
随后所有的事物便集体怀春

年

又走到尽头了
此时，有人尖叫
有人欢笑
有人则站在无边的空白中

三百六十五天，不算太长
挥挥手就过去了
对于被扼杀的
我们都是草根之命，没有起死回生之力

"年"是一个睿智的老者
又是一个蹲在起跑线上等待哨响的冲刺者
如果是尾声
不管成败，就结束吧
如果是开始，那就高举火把
用力奔跑

立春

走着走着，就到站了
那个在雪地里整天愁眉苦脸的人
终于转了向

是结束。但重要的是开头
之后的每一步
必将与破土而出的鲜嫩有关
与满园的香气有关
与喜鹊、燕子有关

立春，是一个巨大的转换点
它会让你重生
且举起亮丽的旗子说
深表感谢

过年

需要一串在落日前匆匆赶回的脚步
需要大大小小高挂的红灯笼
需要酒杯里溢出来的欢笑
需要满天的烟花爆竹
擦亮和抬高幸福的翅膀

最后，还需要一座新旧交替的钟
在盛大的喜庆中准时敲响
"当……当……当"
如歌声
荡漾……荡漾

雨水

我希望它是美的
有小女子的缠绵和温和
也有大男人的利落和豪爽

它轻时，整个世界都很悠闲
植物和植物靠在一起
小声地说着幸福
它重时，这一大片的水域
多好，灌溉、喝饮
从不浪费

这样的雨水
总让我心怀感激
像干旱、像炎热
像一枝渴望滋润的花草
它恰到好处的拜访
多么值得奖赏

忽，春分

把热烈和小欢喜揣在怀里
从此，我不说
守住这惟一的小秘密

推开窗，田野绿了
蔷薇爬出围栏外
蔷薇是三月的新娘
告别故人
奔向一棵青涩的向日葵
告诉它，心中的狂热

那一定是人间最简单的幸事

清明

走着，走着
又走到你的墓前
爸，原谅我
两手空空

这几年
我醉了又醒，醒了又醉
跌倒了又爬起来
像一个没人疼爱的孩子

但我一直勒紧腰带，挺起胸
骨头，像你一样
坚硬如钢

立夏

今天阳光高照
今天没有雾霾

今天姑娘们露出了白藕般的胳膊，风情万种
今天小伙子们个个热情饱满，激情高昂

今天宜喝清茶，宜谈婚嫁
今天不宜怒，不宜忧

今天出生的人必与阳光同行，与美好为伍
且欣欣向荣

夏至

我的梦
才开了个头
就结束了

阳光破窗而入
拉着我向外奔跑
快快快

我戴上草帽
卷起裤管
田头，蛙声一片
像欢呼

中元节

只有今晚的炊烟能直达天堂
银白色的天梯，上下对接
只有今晚的雨能淌过额头
注入身体，一滴如一针

只有今晚，我和婆婆坐在门槛上
互相对望，举杯祈愿
平静地谈着分与合、悲与喜

中间却隔着一条悲伤的河

中秋节

准备了一年的鲜花
准备了满坛美酒
准备了发光的词

省略该省略的

天空是一条温暖的棉被
大地是一张宽大的双人床

今晚你的就是我的
我的也是你的

多好呵，合二为一，不分彼此
千万年，千万年
信誓旦旦

冬至夜

今晚让我以亲人的名义
和你们团聚
烧饭、打水、炒菜、点灯
感谢你们让我行走

如果可以
我还要和你们对饮三杯
重新把你们叫一遍
在称谓前面加上"亲爱的"
或者"敬爱的"
并大捆大捆地燃烧冥纸
活着你们没有钱花
死了就让你们奢侈一把
买车、买房、买皮衣……

等到你们都眉开眼笑
这样，我便可以安然入梦
再也没有遗憾了

冬至日

过了今天，阳光越来越多
万物经历了那么多的黑和恐惧
终于熬出了头

如果还有什么未完成
那就准备好十面锣、八面鼓
敲锣打鼓地把那些陈年破事
深埋在身后的那一块泥土里

荒凉随它去，无需再回头

小寒

这个时候
身体里的火车需要停下来歇一歇

这个时候
适合在小太阳下伸伸懒腰
翻翻书，盘打一年的小算盘
适合生起炉火
把枸杞、当归、党参、红枣
放在一起，熬一锅清肠补血的不老汤

适合喝酒
醉了以后一觉睡到自然醒
适合兄弟姐妹挤在一张床上
互相问候，互相取暖

并异口同声地说
多么幸福

大寒

不要说荒芜
不要说痛
不要说越缩越短的骨骼

大寒是一个刚烈的男子
我们就说一把磨得发亮的剑
一壶浓烈的老酒
一场生与死的穿越

剩下的，我们就交给圆满
交给完整、交给隐居的花朵

枯草

这些不起眼的小不点
像是受到了某种惊吓
或者是遭受了哪个巫婆的咒语
一个个的无精打采

你看啊，它们都低着头
黄脸蛋，耷拉着耳朵
缩着身子，再也不能长高了

一个劲儿地矮下去，矮到泥土里
直到路过的人认不出它们

半夜的那场雪

不知道具体是哪个时间
或许是零点，或许是接近零点

那个时候
窗子都已经关闭
睡着的人正搬运一个很沉的梦

那个时候，我知道
一定有人在深睡眠中侧身轻轻地喊"爱"

一场雪
像一个无缘的人
静静而来，悄悄而走

没有留下想象中的纯净
和惊天动地的浪漫

未等来的雪

你不该撒谎，美人儿
你说要隆重地来
给我意想不到的惊喜
但你没来

为了这场盛大的遇见
我准备了银碗，准备了红纱巾
我要在你来时
一步一步地走近你
和你一起慢慢旋转
并说出细小的幸福

而此刻，我是多么伤感
一场失约的雪
如同一个失信的人
固执地偏道行走

和一朵花对视

面对一朵花
我想到的是完美、完整
是喜鹊的叫声
是流动的阳光

但它的背后
太凄凉了，我看到了墓地、祭祀
及一根雪白的骨头

我不能说它美
它的存在，像一个无法连接的关联词
有时热泪盈眶
有时悲痛欲绝

有些事，不能用诗歌来表达

有些事，不能用诗歌来表达

比如，在被窝里拆一封未署名的信

比如，掉在酒杯里的半个月亮

比如，阳春三月，惊蛰不惊

比如，一架旧钢琴

它的音质突然失真

再比如，我刚坐下，你却要起身

时间完好，失落的手

打开另一扇门

友人来访

我们坐在大院子的石凳上
她一直在对我说她的产品如何的好

能美容、能减肥
能调理肠胃、能控制肿瘤生长
能治三高

她滔滔不绝，像一个演讲师
我看着她，像看一件工艺品

后来，她走到枣树下
背对着我，轻轻地说
其实我也不想对你说这些
我八岁的孩子马上要开学了
家里的那个男人已经很久没有回家了

此时，我看着她眼圈微红

春赋

嗯，看见了
这么多的嫩芽儿
它们提着绿裙子
在众人惊喜的目光中
登场了

它们的筋骨刚打开
它们的生殖器才开始发育
它们那么细小
那么温和
那么新鲜
那么轻易被爱上

春草

绵绵细雨
携着幼嫩的春草
破土而出

它们有时在田野
有时在公园
有时在路边
有时在墓地
像一个流浪的人
漫无目的地走着
没有人能改变
它们向前走的决心

它们要把最温柔的礼物
送给人间

在此之前

在此之前
我是异常地完整
父亲在左，母亲在右
我不知道左手和右手是一体的
不明白女人为什么
要把最柔软的一部分交给男人

有时候借着月光，我恐惧地
看到父亲黝黑的身体靠近母亲
于是，我听到父亲粗犷的呼吸
和母亲的低吟

这么多年，当我站在月河边
才解开这一道谜

我在月河边轻轻地叫着你的名字

终于，我站在这里
和你并排站着
目光越过河水
心里荡起春风
月色铺满小径
我轻轻地叫着你的名字

亲爱的
就住在这里吧，搭一间草屋
让我陪你
我们谈谈玉米和盐
再养一群鸽子和羊
和儿女们避开尘世的喧哗
相依相偎，均匀呼吸

今天是你生日

从早上到傍晚

我一直在说生日快乐

每说一次

你的头上便长出一根黑发

其实，我知道

生日是两个可有可无的字

我只希望在这一天能下一场雨

洗掉你身上岁月的尘土

能刮一阵很大的风

把那些闹心的事吹走

这样，你将回到从前的样子

我会替你老去

给你千万祝福

一整天，一群汉字
争先恐后地
跳到我的桌面
挤满我的信笺

我剖析了它们每一个
都有色彩，都有形状
都会像百灵一样歌唱

我把它们的语言
筑成一条小路
上面铺满紫百合
一头握在手里
一头通向遥远的彼岸

石榴熟了

熟了，就这样熟了
一颗、两颗……
殷红一片

一个女孩惊喊
妈妈，你看
这果子在流血
说这话时
女孩的脸蛋绯红，眼神清澈

记得很多年以前
我也曾这样对母亲说过
那时母亲使劲地搂着我
欣喜若狂地说
那是种植在果子里的一朵玫瑰
出来寻找一盏灯

今晚我在梅花洲

没有什么地方
比梅花洲更美的了

梅花洲
有石佛古寺、有千年银杏
有翰林书院、有冯氏老院
有如梅一般无杂质的水道
有跳跃的红鲤鱼
有暖风、有随时都停在肩头的喜鹊
有琴弦、有平仄的音符
有诗歌、有志同道合的朋友
有好茶、有好酒

还有一个好的胃

疲惫的路途

从人民桥路口到新绿小区
坐车需要十五分钟
我常常用七分钟的时间
望着田埂上忙碌的挖土机
及稀少的几户农家
如果碰巧赶上节日或盛大的喜庆
还会看到五彩的旗子到处飘
再用五分钟的时间
看看那些高耸的广告牌
和广告牌上精彩的广告语

这是一个信息时代
无论在哪里
都能了解到楼价和物价

剩下的三分钟
我想闭上眼睛
抽支烟⋯⋯

土建筑

"轰隆隆，轰隆隆"，是推土机的声音
"铿锵，铿锵"，是锤头敲打土墙的声音
"叽喳，叽喳"，是小鸟匆忙搬家的声音
每当听到这繁杂的声音，我是多么的心痛啊
总感觉故土离我越来越远
越来越小
我怕自己变成一个迷路的孩子
再也找不到归家的路

美颜时代

我把自己美颜成十八岁的模样
我把八十岁的婶子美颜成十八岁的模样
然而好几次，你对我说
把我们的村庄也美颜一下
好让全世界的人都知道
在中国，有这么一个古村庄
竟然像出水芙蓉

我有些恐慌
怕手指轻轻一点
就辜负了"清纯"这个词

我想用一场雪来降温

酒杯推着酒杯
祝福掩盖祝福
张三说：邻家阿妹结婚陪嫁三十万
李四说：他的堂哥开着九十九辆奥迪去迎亲
王五说：我的儿子新年的压岁钱过十万

我突然想到了去年下在大凉山的雪
此时，我想用雪来替他们降降温

隐痛

这家伙死死地盯着我
往我的身体里钻
我工作时，它也工作
它的工作是让我无法工作
我睡觉时，它接着工作
此时，它的工作是让我无法入眠

为什么不把它赶走呢？友人问
我想，再忍着点儿
过些时间
它便会与我和解

偏说

我说你额头上的是汗水
你偏说是一串来不及躲闪的雨点儿
我说你的两鬓已有了几根银发
你偏说是早上出门遇到的一场浓霜
我说你的背越来越驼
这样日复一日的辛劳身体怕撑不住
你偏说你的骨头硬得很
再有五十年的风雨也扛得住
我说我是一个几十岁的人了
吃穿住行不用你操心
你偏说我还是个孩子
走到哪里都让人担心

最后，你指着一抹晚霞说那是夕阳
我偏说那是人间最美的花

在西塘

西塘的两条街
和它的历史有关
和米酒、糕点、大头菜有关
和作坊里的每一张笑脸有关

在街上，总有人向我招手
或者拉住我的衣服
让我停下来歇一歇
我实在想不起他（她）是谁
多么纯啊，好像从前见过
他，或她
也许是我失散了多年的兄弟姐妹

此刻，我多么想把他们一个个拥入怀里
细细地问他们的来历
并十指相扣

又一次写到麻雀

好多次

我总写到麻雀

写它从一棵树飞到另一棵树上的欢乐

写它在狂风雨来时躲在屋檐底下的安全感

写它们互相追逐的幸福

就这么简简单单

而我们总是抓不住它

有时候装作视而不见

任它从指缝里溜走

隔窗相望

坐在母亲的病床前

隔窗相望

总有一些身影从窗口闪过

有些人过来，有些人过去

我的视力不好

无数次地把这些来来去去的人

看作一片落叶

有的发芽抽蕊

有的随风飘落

如此循环

突如其来

这个冬天
许多事物都突如其来
比如母亲的那条残疾的腿
比如老公的脚板上的六个针孔
比如昨天暖如新春
今天霜降如雪

父亲坐在小板凳上
抽着劣质的烟
一边给母亲熬着稀饭，一边对我说
等过了这寒冷天
就去药店买几帖朱砂
治疗我突如其来的失眠

牛

刘大爷有三个儿子
大娃外出打工多年
过年开了一辆豪车回家
刚进门,就问刘大爷
我牛不牛

二娃承包了村里的小加工厂
这两年生意红红火火
把家里的小平房改成了大别墅
黄昏,在自家门口踱来踱去地问
我牛不牛

三娃还在读高中
这些年,年年被评为"三好学生"
他捧着奖状问父母
我牛不牛

刘大爷驼着背,坐在矮凳子上

猛吸了一口烟

抬头看了三个儿子一眼，说

牛在村口，正低着头，吃草呢

如此安好

这些年
我读书、写诗
种花、养花
洗衣、做饭
像一棵安静的米兰

这些年
车马从我家门口路过
流水从小桥下淌过
燕子几度南迁
草被割了又长出来
大家不言不语
如此安好

想象

我们坐在石板凳上
背靠背地假设着
想象多年以后
我们的孩子坐在老虎的背上逛街
想象蜘蛛撞死在自己织的网上
想象毒蛇交出了牙齿
想象疯狗不会咬人
想象孔雀、想象鸽子
想象丹顶鹤

而我们
将坐在同一块草地上
不分彼此

乡情

那是祖先
留给我的一块玉佩
时不时的
总拿出来抚摸

乡愁

那是多年前

卡在我喉咙底部的一根鱼刺

阴雨天气

总是隐隐作痛

有感于书法家苏波老师的书法作品

我想

那肯定是一位美丽的女子

或多情，或冷艳

在深爱之后

被娶回家

伴君共天涯

字的光芒

——致 2022 年春节前来云东送春联的书法老师

1

真的，你的手指上有鸟的气息

丰厚的羽毛

能化解别人身上多余的霜

2

的确，那一撇一捺有血有肉

有灵魂、有骨骼

像一匹行走的天马

3

如果一盏灯能照亮一片海域

那么，一个字的光芒

是不是连接广宇

4

你说，岁月静好

一壶茶、一支笔就够了

我说，你那支笔
只要轻轻落下，便是惊天绝唱

5

一个字在追赶另一个字
前方，没有终点
永无止境地向前

那一天

—— 写在某君生日前夕

那一天

恰好果实成熟

玉米、高粱、豌豆、红苹果

空气里的香涌着香

勤劳的人忙碌收获

那一天

秋阳穿过长安街、紫禁城、颐和园

云彩离你那么近

只要一伸手

就可以撕一块做一件七彩的衣袍

那一天

不一定有鲜花、美酒

但必须有暖暖的气流

有秋蝉的高鸣

有四面八方赶来的云霞

那一天

我会站在江南的秀水边

举杯，作揖

用另一种叙述

向你道福

美好的，全是你的

—— 致书画家周宗祥老师

你站在画架前
挥动着手臂
你说，那殷红的朝霞是你的
那第一声鸟鸣是你的
那大好的江山是你的
那一落千丈的瀑布是你的
那涓涓的小溪是你的
那石缝里蹦出来的青松是你的
那头顶上一群奔跑的白羊是你的
那恰到好处开放的花儿是你的

除了小的、黑的
或者是轻的
你说，这世界的光是你的

无需修饰
——致安吉电视台书法家练有良老师

真的。不需要修饰、点缀

一支笔，白纸黑字

干干净净

天晴的时候

出去看看豌豆、油菜

和一浪高过一浪的麦锋

编织无限春光和时景

阴霾天气

泡一杯白茶

听风听雨，书写十里长歌

并深深怀旧

跳动的字眼

——致一位残疾诗人朋友

世界关闭了
盲人所有的窗
厚厚的帏帘
透不进光

黑暗中，一只断手高举
把跳动的两个动词
涂抹在墙壁上
字迹燃起光明

一条如赤龙的火焰
从墙内喷出
惊醒了沉睡在
石头上的一首诗

孤独是一种美

好吧。就坐在这里
靠着石墩
看鱼儿怎么冒泡
看鸳鸯戏水
看天鹅的孤傲
看水鸟的勤奋
看月亮和月亮的倒影

直到在湖面上看到
无数个自己

靠

可以靠在沙发上
也可以靠在椅子上
或者靠在门槛上
甚至是墙壁上

如果爱人在家，那最好
就让我靠在他的怀里
像一只疲惫的鸟儿停靠在树枝上
低着头，梳理羽毛
不说一句话

以爱的名义

你不在
房间有一点空
这么大的一张床
只有我，床单依旧很白
你不在
我像遗失了一件心爱的玉佩
睡眠中，不再亲吻我的前胸

阳台上的那一盆水仙
昨晚开得正艳，你不在
我得借助酒力
才把它安置到里屋

亲爱的，趁花朵正香，月色正好
安排你的归期吧
我体内的丁香已伸出一万只手
以春天的名义
迎接你

我爱那些石头

我爱那些石头

那些坚硬多棱的石头

那些冰冷但时时渗出山泉的石头

那些能穿透语言的石头

那些会敲门叫醒人的石头

那些即使天塌下来也抱在一起的石头

那些与生俱来沉默的石头

那些含铁、含金的石头

当我爱那些石头的时候

我的文字也在慢慢地变成石头

浪漫的事

这是一块刚开拓的葡萄园
只一间小屋，屋顶是红色的
外墙是淡蓝色的，内墙是乳白色的
四周开着油菜花、蒲公英、紫蔷薇
上面飘着你和她的呼吸

没有家电
只有一张木床
和一幅悬挂着的七色水彩画

偌大的空间，多么自由自在
可以疯狂地打闹、做爱
然后生养，皆老

我抛掷着硬币祈愿

出于愿望

我抛掷着硬币祈求提示

第一次，我看见硬币在半空中

打了一个大问号坠落到地面

第二次，我看见硬币像弧形的镰刀

收割着嫩绿的生命

第三次，我看见硬币像一块罕见的冰雹

砸向正在抽蕊的苗芽

第四次、第五次……

我不停地抛掷，不停地祈愿

最后在满地的硬币中

找不到出口

若干年以后，我会想起一只消失的鸽子

若干年以后
我会想起一只消失的鸽子
它的本身和天空已没有了联系
它远离了硝烟和蔚蓝
躲进了史书，成为考研的文字
它的沉默，或者沉眠
让全球人的胸膛布满石头

但我知道，它的翅膀
仍然保持着优美的坚持
它血溅的地方
化石会说话

春外之事

此时的你
一定和我一样
打着饱嗝，倚在窗台上
看一场细雨的飘落
想着春外之事

这些雨丝从哪里来，到哪里去
会不会就这么几滴
来去匆匆，像闪电一样
一瞬间找不到痕迹
会不会愈下愈大，汇成水渠
穿过衰老的庭院
让枯草长出绿芽
会不会淋湿对门的那个离家出走的小姑娘
害她得一场病

想着想着，就这样
笑了，仿佛看到院子外面
桃红一片

作品

来吧，兄弟姐妹们
不用凿子，不用刀
让我们一起来雕琢
柔软的，加几笔重彩
让它更妩媚些
坚硬的，那就以硬碰硬吧
但最好不要伤到善良的人

在雕琢中，我们看到了你
看到了他，也看到了自己
当无数个你我他站在一起时
我们知道，又一个生命诞生了

暖冬

那些纷纷扬扬的雪花去哪里了
那些透明发亮的冰凌去哪里了
那些如刀割肉的北风去哪里了

阳光每天安详地俯视着大地
村口的河流温顺地亲吻着水草的眼睛
田埂上，一群鸽子正低低地寻觅着嚣张的虫
草堆边，几只羊懒洋洋地躺着
仿佛正在孕育成熟的胎儿
只是，院子里的梧桐树
还是光秃秃的
像父亲夏日里裸露的手臂

预期的大雪没有来
但炉子上，砂锅里的酒已经开始沸腾

宽饶

仁慈的牛啊

请宽饶我的孩子吧

宽饶他的胃

他现在拒绝青菜、米饭、玉米、面包

可一天不喝牛奶

他就会直跺脚

也宽饶我吧

宽饶我的懒性

一次次地用除草剂

掠夺你的粮食

宽饶一把无知的屠刀

宽饶一双猩红的眼睛

宽饶你鼻子上的绳结

宽饶那只把你的头使劲地往下压的大手

在你倒下后

请他们

给你立一个"勤劳诚实"的牌坊

第二辑

桥见未来

大桥有约

大桥镇，适合养心
闭上眼睛
就能听到花开的声音
季节的变换
一如新娘轻盈的脚步

适合放眼望
秀水绕过每一个村庄
一片白云
悠悠地从天的那边飘来
似亲切的慰藉

适合写信
一杯清茶，一缕煦风
青石板上铺一张白纸
告诉远方的人
家乡的变化

适合播种

种下春雷

种下三百六十五棵四叶草

种下婴儿室里的笑

每一次必有响亮的回音

适合肩并肩，手拉手

让感应的电波互相传送

一起奔跑吧，兄弟们

一根无形的鞭子在你们的后面

呐喊助威

适合思索

把过去、现在、将来

装订成一本厚厚的史书

一页一扇窗

精彩纷呈

适合静坐，适合冥想

在一滴雨中

翻开诗的经页

把手中的放大镜放大

前方，很远……

早上，阳光抚摸每一个大桥人的额头
告诉他们
要心存善念，不忘初心

早安，春天里的大桥镇

早安

翠绿的麦苗

金黄的油菜

蓝宝石的甜瓜

娇嫩的葡萄芽

早安

南河浜祭坛边祖先的脚印

云上东方花瓣上的露珠

小河边垂直的杨柳

樟树上打闹的喜鹊

早安

学校里孩子求知的眼睛

公园长椅上老人幸福的脸

田野上空播种的无人机

车间里有序的工作帽

早安

阳光下的洒水车

手术台上的枯木逢春

十字路口的反光服

随处可见的红马甲

早安

温暖的霞光、清澈的河水

湛蓝的天空、清爽的风

早安

鲜红的党旗、滚烫的心

匆匆的背影、坚实的脚步

早安

擦肩而过的陌生人

其实，你们是我走失了多年的兄妹

我头顶着神、怀抱着佛

为你们祈福

早安

春天的小草、归燕、雨水和惊雷

一切的美，都是从一片叶子开始

如今，春风十里

尽是繁华

把贫穷还给贫穷

把苦难还给苦难

筑一条通畅的天路

让心插上翅膀

一首天然自在、构思奇妙的史诗

正在酝酿中……

早安，大桥镇

我来自你的体内

如果我远行，如果我在异乡

你的名字，将一直装在我的行李箱里

只要我一躺下，轻轻一唤

你便如约而至，与我同寝

葡萄园，抑或农庄

夏日的风
总是这样风风火火
穿过围栏，抵达那一片葡萄园
又是一年的相约，又是一年的喜悦
多少金子般的光，多少银锭里的风铃
多少蜜一样的香甜
随着农人的笑声扩散
从紫葡萄到红葡萄、绿葡萄
这里的每一处，都是一个亮点

瞧，那一串串柔嫩光滑、晶莹剔透的葡萄
排着队，有的躲在碧绿的深处
散发出迷人的香气
有的向阳泛着红光
露出别样的风姿
月光中，密集的葡萄更像一群丰腴的少女
涂抹胭脂，迎接着远道而来的客人
于是，一个个乡音

在大桥镇的农庄里

流连忘返

我要赞美勤劳

在这片葡萄园里
勤劳是至高无上的修养
每一片叶子、每一颗果实
都是它优秀的孩子
自强、自立、拼搏、闯荡
是大桥人永远的信仰

这里曾经的荒芜，早已被绿色覆盖
那些召之即来的幸福，都与葡萄有关
高楼林立、汽车奔驰
粮仓盈满、酒杯芬芳、鱼虾欢跳、人民安康
这远远还不够
追梦的大桥人啊
要在头顶开拓一片更广阔的蓝天

做一个快乐幸福的人

在葡萄架下

做一个快乐幸福的人吧

随心所欲，写出对祖国的爱

写出对这片土地的深情

让温柔的眼睛，赞美每一道霞光

每一场雨水

当然，也可以像玩童一样

随意说、随意笑

随意攀、随意摘

不需要修饰，也绝对没有悬念

干干净净

仿佛一切如初生

我至死不渝地爱着

许多年以后，我依然爱着这里的每一棵花草

每一滴水露

依赖这供养我灵魂和血肉的土地

依然在这一片葡萄架下

固执地写诗

夕阳西下，我会面带微笑

静坐灶间，舀半杯自酿的红酒

和亲人们享受朴素无毒的食物

偶尔的，我拄着拐杖

慢走在枝叶交叉的小径

目光攀上青藤，压住狂乱的心跳

轻轻地说

我爱

稻田，或者乡情

霞光流淌在碧水中
风带着微甜的香
用家乡的噪音，呼唤我的乳名
领我穿过一排如宫殿般的房屋
眼前是广袤的田野

每一株稻穗
都在朝我点头微笑
像极了分别又相见的亲人
这一望无际的热烈
是我多年修来的缘

光灿丰韵的稻田
是我半夜翻来翻去的乡情
我的少年和青年
留在了这稻行里
如今，我带着半世的爱恋
和中年的厚重

重拾那年出走时遗落的镰刀

让胸口贴近这方热土

诚实地交出我的女儿身

庄稼的汉字

——致种田大户张菊珍

你在稻田里修行，忽略了自己
与水、泥土、阳光，互为朋友
诚实的劳动是一种高尚
每一片叶子
都押着朴素和善良的韵脚

你编选的字典里
已没有了贫困这个词
庄稼的汉字
填满季节的诗笺
迸出收获的激情

这一片金色
是上苍赐予你的礼物
每一个在田畈上行走的人
在露水晶亮的清晨
都会感激、热爱
泪光莹莹

费家浜的光

曾观弟、张建光、洪成英、张向英、叶小猫

五位兄弟

是费家浜的五颗珍珠

带着月亮般银色的光

落在花园里的光

最让人欣喜

可以捉住一群刚出巢的乳鹰

给它们一双强劲的翅膀

教它们自由搏击于长空

再挂上一枚绚丽的奖章

或让它们用小溪的喉音

用一种语言

读雪山、读松涛、读黄河、读长江

……

让世界打开整个夏天

静下心来，聆听

这一天

——和文友相聚一粟斋读书处

这一天

我刚坐下，你也来了

我们击掌、拥抱

说笑、打闹

叹时光、念旧人

英雄不问出处

我们都叫"君子"

这一天

阳光正好，微风似烟

我们背靠而坐

一壶茶，一本书

窗外鸟语花香

屋内墨香四溢

这一天

你带来了箫和笛

他带来了满腹经纶

我则带着春天的清香

多么有雅兴

论《诗经》，唱山歌

声声语语如春晚

这一天

我们做了该做的事

见了该见的人

读了该读的书

我说：四月正是读书天

大家应：夜半钟声催我眠

这一天

这一天太短暂了

我们互拍着对方的肩道珍重

许千万个祝福

你跃上马鞍，拉住僵绳

转过身来

他背着行李，一步三回头

而我，仍站在原处

泪洒衣襟

行走在旧时光里

此刻，南河浜的上空

冬阳倾斜

微风之轻，如同静默

我们都是草木之人

行走在旧时光里

不谈国事与家事

我们一起看流水的去向和白云的归途

我们读一粟斋的《诗经》

寻人类文明的踪迹

我们拿起一块石器，又轻轻放下

我们捧着一只玉碗说话

问问它的主人是谁

我们假装绅士 一样地弯腰

摸摸祖先黝黑的脸、粗糙的手

我们对着一只青花瓷花瓶发呆

我们跪着给黄土下的头颅作揖

感谢他们为我们创造了财富

我们轻轻地走，怕惊动他们的长眠

我们和一个稻草人合影

我们认青竹为兄妹，祈愿生命一样翠绿

我们给每一棵高粱、每一朵芦花命名

大的叫大喜，小的叫小欢

其实，我们都是南河浜的孩子

站在这块热土上

请允许我们热泪盈眶

允许不修边幅

允许在大庭广众之下咬着手指沉思

允许小狼狈，随后用心修复

允许低头喝一口茶来掩盖心里的慌

允许举起双手，仰起头大声地说

我爱你

大桥镇

世界地图上没有大桥镇

中国地图上没有大桥镇

大桥镇没有大桥

大桥镇有小桥流水，唯美人家

有一棵老树正在发芽

有"踏青寻悠乡间行，绿葱油菜已抽蕊"

有"秋风传稻香，万亩嘉禾正低垂"

有鱼戏莲花两不误

有一幅大得无法测量的水乡画

有一条闪闪发光的鲤鱼

在风和日丽的南湖上空

一跃而出

镇人大颂

一只洁白的鸽子

从镇人大的窗口飞出

一双翅膀

在温暖的阳光下

如母亲青筋凸起的双手

一点一点地帮自己的孩子

解开胸前的纽扣，告诉他们

不要怕，要坦坦荡荡

然后，又悄悄地飞走

像从没有来过

留下了一个大大的感叹号

多年以后

这田野、这河流、这树木、这花园

仍然有鸽子的翅膀掠过的影子

多年以后

当你站在窗口，望着广阔的天空时

是否还记得这一只远方的鸽子

曾经带来祥和、舒坦

对施介村的陈述

这是我无数次向别人陈述的地方
十所房子，紧紧相依
如十根手指

春天
小麦站在东边屋檐下
朝霞透过一片金黄
燃烧着希望

不要说花的形态
施介村的花草
在古词典里找不到一个词来形容它们的美

冬天
浸过汗水的土地，被雪覆盖
屋西的河流，由北向南，改变了方向
整个村庄很安静
黑松下的那只阿黄，悠闲地趴在地上

柿子们仍抬着高高的头颅
迟迟不肯退让

那一颗颗站在树梢上的柿子
像一只只高挂的红灯笼
迎接着勤劳的人回家

三月天

——写给特殊时期的白衣天使

这个春天

我找不到一个合适的修饰词给你们

平日里，人们都叫你们天使

不不不

天使只在午夜里出现，轻来轻去

而你们，不分昼夜

责任如军令

坚守一方水土

五百五十多万的人口

每一个地方都有你们的身影

一个简易棚、一张小木凳

一盒冷饭、一瓶矿泉水

这是你们临时的家

累了靠一靠

即使睡着了

眼角依然挂有一丝忧伤和牵挂

你们每个人的心里

都装着一把钥匙

可以打开时间的内核

和死亡赛跑

你们舍小家，为大家

用坚定的信仰

筑起一道病毒不能逾越的高墙

你们是勇士

穿着梨花白的外套

紧握锋利的剑

和隐形的敌人较量

很遗憾，有严实的口罩

看不清你们的样子

但我似乎看到了

工作服内急切焦虑的心跳

那红色的心脏啊

和我们的五星红旗

如此相似

我敬仰你们，那些春天的逆行者

如果可以

我也加入你们的队伍

然后，伸出双手

拉起更多的兄弟姐妹

让我们一起，把春天还原

让有情人，在公园里散步

在树荫下接吻

在月光中推杯换盏

在大海边放声高唱

时光的回响

——致陆卫东

五十年来

你一直走在路上

路很长

你的脚步稳重而有力

你出生时，风大雨急

破旧的门窗

挡不住阵阵寒冷

贫穷的母亲不得不把排行老五的你送人

于是，你在户口本上是继子

两岁，又被养家送回

几经辗转，十四岁

你终于成了一个孤老头的儿子

你在户口本上仍然是继子

十九岁，你独自送走养父

年少的心啊

除了坚强，别无选择

奋进的时代
需要强大的人
需要一张逃脱命运的船票
一次次地,你扼住命运的喉咙
在时光的激流中
跃涌向前

风吹过一路又一路
你的胸前挂着党徽
终于释怀,模糊的记忆
让沉洒于往事的人
在阳光里,眉头舒展

从此
你的左肩,挑着责任和义务
右肩扛着社会的担当

你每天迎着朝霞出发
顶着星星回家
你资助过的人,不计其数
他们从不知道你的真实姓名
年长的人叫你小陆子

小朋友叫你陆伯伯、陆叔叔
同事叫你陆师傅
一次次地，我替他们矫正
他叫好人，嘉兴好人

你是时光里的一道回响
震动着别人的耳膜
于是，在红船边的党旗下
一支爱心队伍
像破茧的蝶一样
与你共舞起来

多好啊，这座美丽的城市
有人在播种稻谷、玉米
有人在播种智慧和情感
有人在播种爱心和善良
而你，是三合一体的人

致南祥

我走近你，南祥

我笑了

梅花开得艳丽

桃树正在吐蕾

河边的垂柳

梳妆着时间的脸

一只喜鹊

恰好落在我的肩头

我知道，我来晚了

至少我来晚了三年

三年，那时

你和我一样年少

我喜欢你，南祥

喜欢一切美好词语的开场白

喜欢太阳

从潮湿的泥土里拱出来

爬上心窝

暖暖的，似良药

能治愈多年的哮喘

喜欢你十指相扣的深情

喜欢你春风十里，觉醒的能量

扫去冬天的残旧

喜欢你目光对视的默契

每一寸都能入怀暖心

喜欢你，花开了一季又一季

但你仍容颜未改

我喜欢你，南祥

我要用梅花染指的手

给你编织一个

千祥云集的福袋

还送你一支嘹亮的号角

打破蛰伏的寂静

布谷鸟的声音

谁在催我
一声又一声
我在三楼的书房里，应了一声"哎"

风把远处的声音传给我
风没有把我的声音传出去
"播谷播谷……"
我的耳旁都是远处的声音

一束阳光
透过树叶
射在玻璃窗上
又折射到了我的眼镜上

我推开窗
春天带着布谷鸟已经站在窗台上

致云东

我总是在众人的面前

大声地喊出你的名字

并注解

你的河流、你的田园

你的瓜果蔬菜

你的草木

你盈满的粮仓

你光彩照人的儿子

和你未掀开红盖头的女儿

我喜欢拉着陌生人的手

走到你的面前

指给他们看

你一路走过来，深深浅浅的脚印

告诉他们

一滴雨水和一滴汗水的不同

一棵稻怀孕的过程

一朵花到果实所经历的疼痛

以及"新陈代谢"

这个成语的另一种解释

啊,云东

我不再那么含蓄

我必须用一个赤热的唇

印吻你的每一寸肌肤

用七色水笔为你画一幅肖像

用天籁之音为你唱一曲《家乡美》

以诗歌之名

为你立一块景观石

让全球人都看到你的荣光

家乡谣

再往前面走几步
就是"云上东方"
刚被雨洗过的村庄格外干净
一群画画的人
指着前面：对，就在这里写生

画中的我
站在花丛中
像一个羞涩的少女
手指着东方
笨拙得结结巴巴

一只白鹭
在画家的画里起飞
其实，它就是我生活的日常

同时，停在画里的还有
一个突然开裂的西瓜

虽出乎意料，但皆大欢喜

这些年，我像生活在画里的人
一直怀疑生活的真实性
常抱着无限的小欢喜
在半夜里写下蓝天、花朵、瓜果、水稻
每一次，所写之处
必有回音

惟有童年流水声，依旧

又到由桥

时隔一年

我又来看你——由桥

月光修整了你的容颜

你比以前更俊

路，更宽

鸟巢，更高

小龙虾，更壮

米饭的香

治愈了我多年的胃溃疡

沿着时间的河流

我一步一步地向前

虾田边的身影

从光的涟漪中频频投入水中

仿佛一座金字塔

越来越高大

我没看错，这些年
是这些高大的人
把一首首短歌写成长诗
又让长诗分行
谱成优美的旋律

我敬仰
脊背挺直的人
压住生命疼痛的人
书写无字碑文的人
内心波澜壮阔的人

我敬仰你——由桥
你似千里马般日夜兼程
只为给你的兄弟姐妹
戴上共富的皇冠
如今，你
十里春风，尽是繁华

回头时
我看到一缕阳光

透过古银杏树的叶缝

落在你的肩膀上

灿烂间

全是初夏少年的朝气

在天明社区

空气带着微微的甜

一次一次地缠住我的脚

已经三个月，到了该下班的时间

我却走不了

花蝴蝶一样的姑娘

从古画里走出来

带着花旦的嗓子，在窗外的树荫下

翩翩起舞

红蜻蜓停在她们的肩膀上

吹笛的男子

把脸吹成了大灯笼

还有一群从天而降的社区志愿者

身上的红马甲，如天安门广场上空的国旗

他们是上苍派来拯救人类的天使

和善、亲民

像泰戈尔的一束光

哦，天明社区

现在，我放下的笔，再次提起

天空很蓝

我必须掏出心中的这把钥匙，为时间开启另一扇门

和这些志愿者一起

在春天里扶犁，在秋日里装仓

或写诗，或画画

写一曲咏叹长歌

画一幅七尺天明日出图

困了，就睡在陶渊明的诗句里

成茧，成蝶

在一声又一声的鸟鸣中

自然醒来

环卫工人

静静地坐着
不想说话

看着环卫工人清扫地上的落叶
一遍又一遍
我脱口而出，叫了一声"老师"

是啊，他们手中的扫把，多像一块橡皮
大地是教室
老师把学生做错的题
不厌其烦地擦掉
换上新的答案

此刻，我对"环卫工人"有了新的定义

在胥山

就像发现新大陆那样
我大声惊呼
看！磨刀石
齐刷刷地
大家的眼睛朝着我指的方向

磨刀石，那块卧在胥山脚下的石头
磨刀、磨剑、磨斧、磨戟
有时候也磨人心
霍霍霍——
火星，在磨刀石边四溅
慢慢地，结合仕一起
终于成了熊熊烈火

那冲天的火光
至今，我仍然看得到

花园村的花

我看到过很多花
它们，有时候在婚礼上
有时候在病床边
有时候在生日宴的桌子上
有时候在墓碑前
……
它们有一个共性
每一个花蕊像一只小酒杯
装满祝福

在花园村
我看到了一枝花
它的绽放，似良方
只为治愈人间之疾苦

南河浜的向日葵

吹过指尖的风

停了下来

拿着画夹的人

已经调好了水彩

黄辉老师把一粟斋书架上的书抽出来

又放进去

正在摘葡萄的阿英

放下手中的剪刀

从大栅里奔出来

奚老师刚构思成的故事，要搁笔停一停

……

他们集体给几千棵向日葵

深深地一鞠躬

给"焦山门村"定义

庭院，门
门外，一条通向诗与远方的路
喜鹊站在松木树的高处

不要低头看啊，宝贝
抬起头，看到了吗
一条鲤鱼正在跃过龙门

鸟的翅膀带着鱼飞
飞出山门、飞过大桥、飞向南湖
飞飞飞——
它们自带的指南针一直指着祖国的心脏
等日落西山
它们要飞回来
交上一份圆满的答卷
给家里人一个灿烂的微笑

赠玫瑰之人

——给田华兄

阳光，顺势而下

安静，从容

像一位天天见面的朋友

那个身穿中山装的中年男人

手捧着九百九十九朵玫瑰

他要在日落前

一朵一朵地

把它们插入裂口的花瓶里

如果哪天你碰到他

请不要阻止他的固执

你，可否举起酒杯

在越来越浓的天色里

用乡音说一声谢谢

并给他行一个礼

在世合理想等你

以世合理想之名
阅田野、阅花朵、阅河流、阅草木
……
不要急，一页页地翻
共十一万章节
你仍年轻，还有六十年的时光

黄河长，南海宽
世合在它们中间
盘腿而坐
像一个修行的人
等你、我、他
在粗茶淡饭的客厅里
笑语盈盈

在南河浜游客中心

上午九点
游客如阳光一样热烈
站在世界之窗的广场上
看人类文明发源地上的滑轮转动

哦，亲爱的
如果你来过
请记住遗址馆里陈列着的陶器密码
经史那么厚，一页一辉煌
够你余生来阅读

这个夏天，过于隆重
我第一次有了拥抱阳光的念头

流动的爱心

从一个人到一排人

一个北方的朋友说
他们是白杨树，高大挺拔
在坚硬的黄土地上，生根发芽
一个南方的朋友说
不对，他们是杉树
耐腐防蛀，可作桥梁
是连接此岸和彼岸的纽带

有的人路过
只是为了看风景
有的人则为了留下一小点什么
哪怕别人不在乎

就像这一排有心的大桥儿女
他们来，是许一场皓月禅心

比喻

我常思索

把马路上的交警比喻成什么

树，高大挺拔

但觉得不妥

春夏秋冬，树在不停地换衣裳

而交警，一年到头，只一色衣服

比作石头，坚硬又稳重

不恰当，不恰当

石头有棱有角

不小心碰到了会有伤口

或者是城市的守护神

又感觉不形象

一位朋友突然发来信息

这大热天的，怎么停电了

我站起来按了一下开关，灯没亮

电——灯

对，把交警比喻成灯

指路明灯

秋后

看着树木一片又一片地变黄

鲜花一朵朵地凋零

我打了个寒战

白日越来越短

阳光不定时地翻阅着细小的章节

风正在寻找燕的去向

露珠在早出晚归中，压住湿漉漉的睫毛

我在书的季节里

将喜悦的方向调整

等待丰收的来临

咱们去看稻花

走，咱们去倪家浜看稻花吧
走近一点，会看到青稞不粉胭脂的脸
再走近一点，就看到青稞边深浅不一的脚印

这一双双脚印
其实是有名字的
如果你大声地叫
它们会答应

前提是
你必须戴着草帽
光着脚，卷起裤口
使劲——喊

在农村

我默默地爱着
茄子、青椒、土豆、南瓜
以及小麦和水稻
像爱我的孩子一样

我必须要一天到晚地
俯下身去
才看清它们或红、或黄、或青、或紫的脸
在苦寂的时光里
和它们轻声交谈

我心里清楚
它们对我是有感情的
这些年，半夜时分
常在睡梦中听到谁在呼唤我
于是，我借着手电筒的光
蹑手蹑脚地去和它们幽会

我用一首诗赞美你

我用一首诗赞美你

从倪家浜到云东

一路过来

到了江南、天香、南祥、天明

从小桥到大桥

我的太祖母在南河浜等我的到来

多少万年了

她的子孙们，都已经成家立业

在南河浜遗址公园

我找到了我这个处女座的来由

太祖母望着漫天繁星

指给我看：这就是你的星座

我天马行空般行走

到过很多地方

记住了很多地名

每当我把一个地名写在心上时

我的心跳便会加快一次

我知道，这些地名
在早上，就是晨曦
在晚上，就是灯盏
中间一段，有时是春播
有时是秋收

其实，那么多的地方
只住着一个人
一个心脏，努力向上

后记

2024 年的 7 月，嘉兴出奇地炎热，连续高温了半个月，我一个人坐在窄小的办公室里，享受着空调带来的凉爽，连探出头的勇气都没有。编完手中的稿子，突然冒出出一本书的念头。

记得在 2013 年，我连续出了两本合集：一本是《宛在水中央》，另一本是和旅美诗人远帆老师的合集《此岸彼岸》。

这几年来，我经历了失去双亲的痛苦，父母、公婆，相继在我的眼前离去，那种痛，是无法言说的。又经历了两次搬家，在一次搬家中，家里惟一的电脑因为一场大暴雨，无法使用。很多文友都问我："你是否已经放弃了爱好？"我回答得很干脆："没有！"尽管生活困难，但我一直走在文学的路上。我的包包里总是放着一支笔、几张纸，不管走到哪里，都会把自己看到的和想到的记在小纸片上，回家整理后，又记在笔记本上。

2023 年，应大桥镇政府和大桥文化学会会长巢松良老师的邀请，我辞去了原来的工作，来编辑《大桥文化》，虽然工资少了一半，但我庆幸终于有了适合自己的工作，如灯灯老师所说："做自己喜欢的事情，才是最开心的。"

我的家乡大桥镇是全国百强镇，地理位置优越，有着丰富的历史文化底蕴，经济发达，环境优美，生态环保走在全国前列。这本书中的第二辑《在大桥镇》是我近期的作品，也是我的心得和感受，我把这些作品放在书里，算是为推动大桥镇的经济文化发展做一点贡献。

在此，我要感谢黄亚洲老师，在这个时间如金的年代里，为我题写书名。

感谢陈亮老师，为这本书的出版提出了很多建议。

感谢这二十多年来，一直鼓励我的老师们，尽管有几位老师早已不在人世，但我仍然要面对西方，深深地三鞠躬。

感谢我的一位远方朋友，在我困难的时候伸出援手，让我的这本书顺利出版。

感谢那些认识的或者从未谋面的朋友。

……

太阳每天从东方升起，时间不老，我们都不老。让我们都心向太阳，做一个储存光的人，"用生命影响生命"，愿我的这本书能给你带去一点点光。

图书在版编目（CIP）数据

中年之后 / 王小毛著 . -- 海口：南方出版社，
2025. 1. -- ISBN 978-7-5501-9507-3

Ⅰ . I227

中国国家版本馆 CIP 数据核字第 2024NQ4368 号

中年之后

ZHONGNIAN ZHI HOU

王小毛　著

责任编辑	高　皓	
特约编辑	王美元	
装帧设计	璞　闾	
出版发行	南方出版社	
地　　址	海南省海口市和平大道 70 号	
邮　　编	570208	
电　　话	0898-66160822	
传　　真	0898-66160830	
经　　销	全国新华书店	
印　　刷	三河市双升印务有限公司	
版　　次	2025 年 1 月第 1 版	
印　　次	2025 年 1 月第 1 次印刷	
开　　本	880mm × 1230mm　1/32	
印　　张	6	
字　　数	117 千字	
定　　价	79.80 元